# 책갈피에
## 여미는 풍경들

# 책갈피에 여미는 풍경들

| | | | |
|---|---|---|---|
| 발행일 | 2019년 12월 22일 | | |
| 지은이 | 권 동 기 | | |
| 펴낸이 | 손 형 국 | | |
| 펴낸곳 | (주)북랩 | | |
| 편집인 | 선일영 | 편집 | 오경진, 강대건, 최예은, 최승헌, 김경무 |
| 디자인 | 이현수, 김민하, 한수희, 김윤주, 허지혜 | 제작 | 박기성, 황동현, 구성우, 정성배 |
| 마케팅 | 김회란, 박진관, 조하라, 장은별 | | |
| 출판등록 | 2004. 12. 1(제2012-000051호) | | |
| 주소 | 서울시 금천구 가산디지털 1로 168, 우림라이온스밸리 B동 B113~114호, C동 B101호 | | |
| 홈페이지 | www.book.co.kr | | |
| 전화번호 | (02)2026-5777 | 팩스 | (02)2026-5747 |

ISBN    979-11-6299-721-5 03810 (종이책)

이 도서의 국립중앙도서관 출판예정도서목록(CIP)은 서지정보유통지원시스템 홈페이지(http://seoji.nl.go.kr)와
국가자료공동목록시스템(http://www.nl.go.kr/kolisnet)에서 이용하실 수 있습니다.
(CIP제어번호 : CIP2019052604)

**(주)북랩** 성공출판의 파트너

북랩 홈페이지와 패밀리 사이트에서 다양한 출판 솔루션을 만나 보세요!

**홈페이지** book.co.kr  •  **블로그** blog.naver.com/essaybook  •  **출판문의** book@book.co.kr

# 책갈피에
## 여미는 풍경들

권동기 시집

# 自序
— 제24시집을 내면서


조금 일찍 이 원고를 보내려고
예전보다 서둘러 보려 했으나
제16집 시몽시문학 원고와
맞닥뜨린 사연이 있었던 터라
먼저 시몽시인협회의 아름다운 인맥을
보다 소중히 하는 까닭으로
한 걸음 뒤로 물러난 여유로 하여
이제야 갈무리 단계에 이르러

약 한 달 정도 늦은 감이 있지만
출판기념회까지 무사히 마친 터라
시간적 여유를 안고 행하니
어쩌면 퍽 다행스럽다는 생각이 들고
그러기에 더욱 다겨가는 시간이 내겐
더 소중히 느낀 점도 부인할 수 없으며
또 다른 퇴고의 시간을 벌었다는
안도감과 포만감이 나를 평화롭게 한다.

2019년 끝자락의 햇살이
포근한 모닥불처럼
따사로운 전율이 흐를 법하나
살갗 에일 만큼이나
한파가 휘몰아치는
영하의 기온이라 을씨년스럽지만
하잘것없이 허둥대는
빈껍데기 같은 심장이 차기만 하다.

그런 연유가 오히려
얼고 눈 내리는 날이
거듭 짙어질수록 다져지듯
토양이 잘 숙성됨으로
온몸의 기운을 듬뿍 받아
이 차디찬 기온에도 아랑곳없이
나의 전신을 쥐어짠 제24시집이
조용히 탄생하길 바란다.

경북 영덕에서
권동기 배상.

# 차례

# 1부

.
.
.
.
.
.

001

# 정든 땅

과거의 씨앗을 보듬어
현재의 꽃향기에 비할 순 없어도
미래의 열매는 분명 달콤하듯

태어나 자란 정겨운 터전에
추억과 그리움 묻어나는
언제나 머물고픈 고향.

# 삶이 흐르는 강

모든 괴리에 얽힌 사연들을
모두 용광로에 녹여버린다면

찌든 삶에 몸서리친 망상들도
새로운 빛 속에 곤히 잠들 수 있고

저문 희망의 꿈이 용솟음치며
허문 돌탑이 꿈틀거리며 쌓일 때

험상궂게 닥쳐올 지혜라도
숱한 인고의 눈물만큼 해맑다.

# 인생 고찰

선량한 척 점잖게 다가와
토악질하듯 입방아 찧고 돌아가더니

허드레 권력 믿고 빛나는 마천루 속을 서성이다
찰나에 쪽박 차고 그 오두막에 눌러앉은 그는

양탄자 깔린 길엔 고통이 없을 거라며
시궁창 속엔 볕 뜰 날 없을 거라던

상상조차 할 수 없는 현실을 비아냥대며
환희에 웃다 아픔에 울어버린 그를 본다.

# 향기 찾아

암암리 추억어린 꿈을 남기기 위해
애당초 심지 말아야 했던 나뭇가지에

비운의 몸짓 같은 번갯불에 놀랄 만한
하늘가 조롱박 하나 달리는가 싶더니

행할 수 없는 그릇된 언행에 젖어버린
문외한의 묵직한 발버둥에도 감당할 수 없어

적막한 산천을 깨운 사자후마저도
처절히 걸러낼 수 없는 잡념만 남았다.

# 덧없는 길

힘의 다짐으로 돌탑을 쌓아
빛의 속도로 터전을 닦으니
윤택한 행복의 노래는 달기만 하고

아무도 굴욕의 다리를 건너지 않아도 될
누군가 무시할 허전함이 깃든다 해도
소심한 발자취는 멈추지 않는다.

# 존재의 힘

젊으면 젊은 대로
엄청 할 일 많아 즐겁고

늙으면 늙은 대로
좀처럼 소일 적어 외롭다.

떨어져 살아도 그리운 풀빛이요
부딪치며 걸어도 정다운 백발이니

웃고 자란 새싹이 울며 지는 낙엽 되어도
두근거리는 생명의 존재라는 것을.

# 오롯한 삶

소리 상자나
그림 상자나

느낌만큼
낭비의 한숨 터지고

하늘의 기쁨도
땅의 즐거움도

받고 준 양만큼
유리알 같은 심장이 뛴다.

008
# 잊지 못할 상처들

진실이라면
따뜻한 훈풍에 웃을 테고

거짓이라면
차가운 파고에 울 테지만

실핏줄에 그을린
과거의 상처에도 후회 없다면

의심의 여지도 남김없이
억척같은 삶의 노래 부를 테지.

# 그 자리에 앉아

가난의 모습 바라보며
언젠가 채우면 비우겠다고
양심 품고 다짐했지만

허상처럼 흐려지는 눈빛 따라
불끈 쥔 힘이 영원하리라 믿었으나
지켜갈수록 버거움을 숨길 수 없어

하늘 향한 옹골찬 모습은
늘 그 자리에 서성이고 있을 뿐
베풀어야 할 그릇엔 눈물만 채워진다.

# 울다 웃는 시간

자연 속에 울부짖는 새들이
속세의 아픔을 어찌 알랴마는

항간에 있을 수 없는 고요 속에
절규의 풍설을 감지라도 한 듯

고풍에 서려 허우적대던 순간들을
나지막이 후회의 가슴앓이 삭이며

하나둘 이름 없는 낙엽 따라
강으로 산으로 흩어져 꽃이 되었네.

# 이방인의 미소

터줏대감 노릇 하느라
하늘 높은 줄 모르고

장밋빛 두루마기에
흰빛 고무신 신고 신작로 걷다

이방인의 곧은 정서 숨 쉬는 곳에
암팡지게 훈수 한마디 늘어놓다 말고

술 향기에 물거품 된 사연에 놀란 듯
참회의 눈 내리고 서둘러 지나간다.

# 그리움 익는 길

연민의 정이
자칫 후회할 늪에 빠져들지라도

불행의 넋이
멈칫 만족의 길을 무너뜨릴지라도

어느 작은 것 하나 쉬이 내뱉지 못한
그 아릿한 시절에 본 흔적들이

주마등처럼 스쳐 가는 지금
외로운 몸짓만 곱게 빛나고 있다.

013
# 본연의 모습으로

오직
한 우물 판다는 것은

과히
어려운 일이라지만

정녕
쫓던 토끼마저 놓친 후

뼈아픈 허무의 순간을
다소곳 되뇌일 수 없다면

외길에 솟은 여명도
황혼빛 따라 저물어 간다.

# 지혜의 길목

태권도가 정도를 뛰어넘으면
저잣거리의 좀생이 되고

펜이 원고지에서 벗어나면
망나니의 비수가 되듯

높은 산山도, 넓은 강江도
제 갈 길에 모순의 시선이 있다면

진리가 통할 세파의 정情도
숙성된 심장마저 허물어져 간다.

# 정다운 사람

중절모 눌러 쓰고
넥타이 맨 신사보다

밀짚모자 덮어쓰고
새끼줄 쥔 농부가

더 정이 깊은 이유는
인류의 창고에 양식 쌓으며

소중한 땀방울로
유구한 생명을 잇기 때문이다.

# 대한민국의 맥박

오늘의 풍경을 원고지에 담아
희로애락의 서정을 돛단배에 싣고

생명의 싹틔워 무궁화 향기 물들이고
역동의 꿈 이뤄 태극기 물결 휘날리는

시대적 증언을 골고루 걸러내어
미래의 큰길에 가지런히 펼쳐놓고

난세에 물든 일도 없었던 것처럼
국민이 살만하다는 느낌으로 흘러간다.

# 삶의 향기

내게 보낼 선물이라면
보석 같은 정성인 양 받을 테고

네게 줄 마음이라면
풍년의 느낌처럼 전할 테지만

케케묵은 향기 같은 온정으로
덧칠하듯 주고받는 형식이라면

샘물 같은 영혼도 사라질 것이며
끌어안을 수 없는 비애만 피어나기에

화려한 단풍에 숨죽인 설렘처럼
살가운 인품으로 오고가는 삶이라면 좋다.

# 서로의 눈빛

타인이 걸어온 길이라도
내가 걷는 길보다 아름답다면

내가 걸어온 길 따라
타인의 걸음이 더 신비롭다면

어깃장에도 그 마음 아우르고
엇박자라도 그 기분 보듬으며

평탄한 길에서 넘어져 상처 나도 치유하고
후회의 눈물 흘려도 정성껏 닦아주며

걸림돌 너머 디딤돌 조심스레 밟도록
서로에게 힘을 보태는 일이다.

# 옛 사연

있으리라 믿었던
그곳엔 이끼만 자욱할 뿐

환희의 눈빛으로 뚫어지듯 훑어봐도
그러나 보이지 않는다.

누군가 뱉어놓은 결과물에 얽힌 사연은
떠도는 바람 소리일 뿐

언젠가 소식 안고 돌아올 골목길 서성이며
세월의 강만 물끄러미 바라본다.

# 흠칫거리지 않는 세상

속삭여도 들리지 않고
전하고 싶어도 열리지 않는 행동

귓속말에 옥석을 가릴 줄 알아도
섣불리 내뱉었다 삼킬 수 없는 언어

그 속에서 허우적거려야 할
육신의 노동은 쉬이 멈추질 않고

굴곡진 구름 한 점 천지 사이를 배회하며
아우성 없는 몸부림에 묵묵히 흐트러진다.

2부

·
·
·
·
·
·
·

# 여명의 꿈

쓰디 쓴 무술년 배웅하고
달디 단 을해년 맞이하니

가는 세월 아쉬움 남기고
오는 시간 슬기롭게 품네

무능 무식 정치를 꾸짖어
국민 향한 봉사를 바라며

모난 칼날 숨아내 뭉개어
헌법 법률 평등을 외치며

편향 언론 종잇장 불태워
정론 직필 지혜를 살려서

살기 좋은 대한의 터전에
근심 걱정 없이 살다보면

하늘에 태극기 웃음 솟고
땅에는 무궁화 가득 피네.

# 좋은 넋이다

나무는 뒤틀어져 장승으로 조각할
옹기는 부서져 그릇으로 담을
바위는 갈라져 시편 하나 새길 수도 없지만

비루한 사람일지라도 정으로 덧칠하고
적막한 세상일지라도 마음으로 토닥이며
솔직한 삶의 노래에 불꽃을 튕기고 싶어도

빠져가는 생활의 풍상에 얽힌 고뇌에
낡아가는 인생의 도도한 아픔이 서려 있기에
나아가야 할 길은 그냥 평화롭길 바란다.

# 지도자

아랫돌이 단단하여 윗돌로 사용한다면
옹벽처럼 튼실할 거라 착각해도
화려한 집으로 오래도록 버틸 수 있으랴

초년생이 똑똑하다고 선두에 세운다면
어릿광대 같은 소꿉장난은 할 수 있어도
거대한 단체를 반석 위에 올릴 수 있으랴

제아무리 역할을 다 할 수 있다 한들
익지 않은 벼는 하늘 우러러보며
빛 따라 요동치는 허영심에 미소 지을 뿐

나만한 자 없다는 위세를 떨치며
대중 앞에 철없이 서성거리는 것보다는
조용히 삶의 울타리에 솟대를 꽂는 일이다.

# 걸어야 길이 있다

꼬인 성격 탓이라며
꼰대들의 외침이 들리지만
행복의 꿈 머금고
살아가는 길이기에

살풍경도 궁색하다며
곰삭은 아픔이 옥죄지만
미래의 정 부풀리고
열어가는 삶이기에

영롱한 우주의 빛줄기에
하나의 지푸라기가 훼방 놓아도
마음에 찌든 흔적들을 털어내어
좀처럼 와 닿지 않을 신기루의 끝 잡고

나아가야 할 새로운 길목을 향해
덧없이 힘차게 펼쳐져 갈
광야의 위대한 외침이 서려 있기에
인류의 용솟음이 시작된다.

# 자연 속에 핀 꽃처럼

때론 묵화를 그리듯
바둑판에 흑黑과 백白이 춤출 때

산새들이 고목의 숲에 앉아
불현듯 생生과 사死의 기로에서 훈수하고

가끔 정기를 받듯
원고지에 장長과 단短이 노래 부를 때

풍경들이 생동의 늪에 서서
에둘러 양陽과 음陰의 사이에서 응수한다.

# 편견에 얽힌 눈물

하늘마저 멍들게 할 엉터리 속앓이를
송두리째 뽑아버리지 못한다면
세상에는 진실을 외면한 꼭두각시만
온 누리의 공간을 숨 멎게 한다는 것은

땅을 파헤쳐 사리를 적당히 우려먹고
오리발 내미는 사태에 빠진다면
지구에는 사탕발림에 주눅 든 허송세월만
생명의 터전을 어지럽힌다는 것은

구닥다리 같은 의미를 가슴에 담고
그러려니 하는 속세의 말 못할 사연과 더불어
모나게 숙성돼 가는 현실을 반추하며
잃어버린 나를 찾아 헤맬지도 모른다.

# 오솔길 따라

기어이 간 보고자 할
밑바닥의 삶을 느낄 수 없다면

냉정히 들추고자 할
성공담의 넋을 건드릴 수 없다면

자유로운 언덕이 가파르고 험난해도
마음 넉넉히 인내하며 오를지언정

엉켜진 실타래를 어렵사리 풀듯
쉬이 단숨에 넘을 수 있을지 의문이다.

# 그러려니 하는 마음

높임말에는
존경보다 사랑이라면
이맛살에 냉동이 친 모습처럼

낮춤말에도
감성보다 가식이라면
돌담에 걸쳐진 흉물처럼

태동하는 은빛 노을 속의 새싹들보다
얕은 품속에 허상을 엎질러 놓고

있는 듯 없는 듯 살아가는 길이
정녕 외롭지 않지만 쓸쓸하다.

# 더불어 가는 세상

난 나대로의 삶이 아니라
타인에게로 향한 인심이 피어나야
비로소 하나의 몫이 되는 거다.

불을 지필 때 불쏘시개가 되고
물꼬를 틀 때 마중물 역할 하듯
더불어 호흡하며 정을 뿜어

언제나 자연스러운 모습으로
함께 옷자락 여미며 걸어가는 것만이
아름다운 노래요, 춤인 거다.

# 깊은 고뇌

호들갑 떤다고
산 너울에 태양이 내려앉아
노래하진 않을 테고

적막하다고
땅 무리에 달이 뒹굴며
춤출 일은 없을 테지만

정녕
진실의 꿈이 무너진다 해도
삶은 우주의 빛처럼 고울 뿐이다.

# 진실의 땅

먼발치에서 바라보면
비탈진 터전에도
행성에서 날아온 별꽃이 정답고

가까이 다가서면
불모지의 공간에도
숲속에서 어우러진 시 읊는 소리 가득하니

아무도 알아주지 않아도
진리의 혼이 잔잔한 호수를 깨우듯
하늘에 휜 무지갯빛에 향기 뿌리며

유유히 흐르는 밑그림에 뜻을 모아
애절한 심장의 노랫말에 음률을 띄워
끓어오르는 메아리에 온몸을 적시고 싶다.

032

# 스치는 인연들

다가오는 풍경들이 더디니
빨리빨리 문화에 익숙해지고

지나가는 추억들이 빠르니
느릿느릿 환경에 물들어가는 인생사

언제나 청춘 같은 마음이려니 하다
어느새 거울 앞에 백발 휘날리며

신선의 부챗살에 넋 잃은 시계탑 앞을
시절의 인연마저 이방인 되어 스쳐 간다.

# 숲은 자연의 노래

유난히 반짝이던
가파른 언덕배기에 달린 솔방울이
하늘의 별이 되려다
낭떠러지로 굴러가고

부득이 떨어지던
미끄러운 바위틈에 낀 낙엽이
땅의 꽃으로 피려다
쓰레기장에 잠든 지금

산자락에 걸린 해를 잡고 황무지를 가꾸고
강나루에 잠긴 달을 녹여 원고지에 펼치어
생명의 감동처럼 너스레를 떨며
대자연이 주는 꿈의 숲길 거닌다.

# 작은 뜻

우뚝 솟은 하늘처럼
심장에 깃들 보석들이 내겐
산에 박힌 나무들만큼이나
뭉클하게 느낄까

쭉 뻗은 대지처럼
가슴에 와닿을 작품들이 내겐
강에 비친 조약돌만큼이나
영롱히 빛날까

튼실하게 갈고 닦아
풍요의 노래가 쌓여갈 때까지
울림이 스밀 서정의 곳간에
작은 꽃 하나 피울 수 있으면 좋겠다.

# 삶에 얽힌 사연

분위기가 살벌하다고 해서
몽니에 코웃음 치지 말란 법 없고

쏨쏨이에 식상하지만
에둘러 청사진을 숨길 법도 없이

소리 없는 아우성에 빛바랜 백옥을 토하거나
푸른 잎에 붉은 낙엽을 감추어도

상고대의 환상적 풍경이 도래한 후에야
비로소 제 몫이 무엇인지 들춰낸다.

# 허물어지는 외침들

민주주의라는 이유로
다수결로 치부하고 마는 세상이라면

정답의 숫자보다
오답의 환호가 더 많아진다면

그 답이 흥청망청 흐트러져
깊은 늪지대에 매몰되고 말 것이라면

믿음도 가식적 포용에 지나지 않기에
지혜의 폭 또한 무너지고 만다.

# 한해의 몸부림들

뙤약볕 아래 무르익던 낙엽들이
바위 앞으로 보란 듯 미끄러지고

달무리 위로 서성이던 별들이
구름 뒤로 폼 잡듯 치솟을 쯤

추억의 정겨운 바람이나
미래의 정다운 신음이 너울 파도 타듯

자연으로 여미는 외로운 심장은
천년의 강 되어 덧없이 흐른다.

# 들녘에 핀 꽃

다양한 빛깔들이 드리운 들녘에
뜨겁도록 정다운 대화가 흘러넘치는
생명산업 향한 농민들이 논두렁에 둘러앉아
북새통보다 저 아릿한 삶을 모으며

갖가지 산물이 즐비한 시장에
얄밉도록 현란한 외침이 가득 고이는
물물교환 위한 상인들이 대포 집에 모여앉아
날벼락보다 더 까칠한 꿈을 나누며

자랑하듯 엇박자에도 힘 넘치는 정치가 아닌
먼지 털듯 시빗거리에 옭아매는 법률이 아닌
칼 갈듯 매섭게 파고드는 언론이 아니라
너그러운 인심이 피는 초야의 땀이 달다.

# 나이 먹는 길

때로는 아무 일이 아닌 것도
운신의 폭 넓힌 탓이라며
하고자 할 의미부여도
마치 앞길 막는 죄인으로 몰아넣고

동정의 여지가 없다는 듯이
몰상식한 초미의 관심 밖이라며
호강하지도 않을 그 길 따라
깊은 상념마저 삭히듯 걷다 보면

이상의 세계를 넘어
현실의 사회를 지나
중후하고 풋풋한 내음이 익어가는
세월의 초침은 급하기만 하다.

# 어둠의 길 걸을지라도

종잡을 수 없는 그림 속에
아련히 피어오르는 창의력의 땀방울처럼

헤아릴 수 없는 모형 속에
그윽이 물결치는 벌거숭이의 속앓이처럼

뜻하지 않은 굴레에 허우적거리지 않는다는
우연히 소용돌이치는 공간을 피할 수 없다는

그 이유가 조금인들 존재할 가치가 있다면
흐트러진 눈물마저도 가식이 아니라 믿는 거다.

3부

# 내일의 길목

고독한 삶을 내려놓고
더 늦기 전의 꿈을 향해
움츠린 기지개를 켜야 한다는 것은

자연에서 조용히 다가오는
더 심금을 울릴 만한 이유가 아니라
작은 기대에도 사실적 여운이 있기에

내일도 그런 방대한 사연을 안고
걷던 그 길조차 벗어나지 않으려
밤을 에워 잡고 눈시울 적신다.

# 연민의 정

의문의 늪이지만
건너갈 방법을 찾듯
사소한 일이지만
생각할 시간을 가져야 하고

볼멘소리에
심장이 울렁거려도 웃으며
섣부른 진실처럼 말하지 않아도 될
가슴앓이에

신기루의 끝 간데없는
냉랭한 마음일지언정
그저 하늘을 수놓는 별보다
어설피 빛날 순 없지만

불쑥 작금의 용광로보다
뜨거운 사연들이 쌓여
미지의 전율이 흐르고
어여삐 피어나길 바란다.

# 책갈피에 여미는 풍경들

빈정거리다 보면 한 번쯤은
험담으로부터 벗어날 궁리처럼
속일 것 같은
시간이

비뚤어지다 보면 가끔씩은
아픔으로 하여 속병의 고통처럼
녹일 것 같은
세월이

살가운 듯
가슴 뭉클한 기억처럼
흥겨운 듯
미래의 꿈을 열어갈 여명처럼

준비되지 않은 바람이
불쑥 일렁이는 날에도
노래하고 춤출
시 숲을 꿈꾸는 일이다.

044
# 상상의 길에서

한낱 알 수 없는
세상일이란 것이

깊어가는
계절의 풍상에도

가슴으로 스며올
그리움 닮아

속속들이
얽어질 꿈 찾아 헤맬 듯

엉거주춤 걷는 것도
하나의 몫이라 한다.

# 하루에 전해지는 신음들

귓속말에 사탕발림이 녹아있다면
얼룩진 추억이 현재와 서로 엉켜
몸부림칠 아픔도 더러 있겠지만

꼬인 실타래가 쉽사리 풀리고 나면
인류의 손길이 맞은 고요의 들녘에도
싱그러운 음악이 들릴 법도 하다.

# 덧없는 방황

보지 않으려 했다
그러나 보아야 한다.

무엇을 본다는 것보다
시야의 폭이 더 넓은

땅에서 하늘을
마음에서 우주를 향해

보이지 않을 끄트머리까지
바라보거나 쳐다보아야

내 삶의 깊이만큼
솟아날 것처럼

헛바퀴 도는 시간이라 한들
작은 가슴 부풀리는

아름다운 모습을 위해
덧없이 보아야 한다.

# 힘찬 길

닥치는 대로 잘 먹어야
정신을 맑게 할 육신이 되고

막힘없이 시원스럽게 잘 싸야
기분을 좋게 할 건강이 솟고

단꿈을 흥얼거리며 잘 자야
마음을 밝게 할 행복이 오니

더불어 오솔길 따라 힘차게 걸을 때
아픔 없는 기상의 힘이 넘쳐난다.

048
# 정다운 꿈

탁 트인 초야의 어느 기슭에 앉아
자연을 벗 삼아 노니는 것도
헐벗은 상상력 되찾을 쾌락이 있지만

녹록치 않은 생활의 나지막한 신음이 샐지라도
논리에 찬 비약처럼 우물쭈물할 것도 없고
대들보가 휘둘리는 것처럼 티격태격하지도 않아

보석의 빛보다 더 지혜롭게 반짝이는
땀만큼 곳간에 채울 무수한 현실을 반추하여
평화로운 삶을 꿈꿀 수 있어 좋다.

# 어버이의 정情

낳아준
그 아픔대로라면
온 정 쌓아 존경을 받들고

길러준
그 정성대로라면
온 힘 쏟아 사랑을 채우며

이 한 몸
다 눈물로 삭힌들
어이 다 갚으리까.

050
# 표준말

한국어가 어렵다는 것은
유년 시절 혀끝에 구르던
달콤한 언어보다

새로운 방언들이 박힌 돌 뽑듯
현재를 살아가는 남녀노소의
언행의 모양 따라 달리하기에

쓰던 대로 쓴들 허튼소리가 없거늘
설령 올바르지 못한 표현은 고치면 될 것을
정다운 단어조차 지웠다 살렸다 하다 보니

이방인이 머물다 간
툇간 마루의 구수한 옛이야기들이
익힌 그리움으로 씁쓸히 남아 있다.

# 에둘러 가는 길

빈곤의 늪에 허덕이다
섣부른 꿈을 위해 길 떠나면
설익은 열매도 덩달아 영글어가는 줄
자연의 이치처럼 생각할 수 있다는
궁색한 변명이 되레
된서리 맞고 덤터기 씌어 울부짖으며
애써 감추듯 몸부림쳐 보지만
기어이 아니 가는 것만 못하다

그 길은.

052
## 조용한 삶

낯설고 험준한 길임에도
쉽게 넘나들기를 소원한다

하늘과 땅의 공간을
엇갈린 옳고 그름의 발자취 따라

구름처럼 방황하고
아지랑이처럼 허우적거리며

잘하면 본전에 즐겁고
못하면 밑진 채 괴로울지라도.

053
# 즐거운 초야에서

울고
웃는
물결 위로 새싹이 트고

열고
닫는
물꼬 아래 낙엽이 지니

찌푸리거나 외면하는 이 없이
순풍처럼 물결치는 농심은
찰나를 즐기며 생명을 잇는다.

# 미래로 가는 길

절망 속에서
숨 막힐 만큼 울고도
버젓이 가시밭길 넘듯
과거가 어둡거나

희망 속에서
배꼽 잡을 만큼 웃고도
오롯이 꽃길 걷듯
미래가 밝거나

그 긴 시간 경유하며
노하거나 기쁜 찰나가 있었기에
인연의 소중한 가치만큼
현재도 맑거니 하며 사는 거다.

055

# 언행의 소용돌이

지혜의 맑은 눈빛에 다가오는
예리한 관찰력에 얽힌 사연들이
자연의 토대처럼 튼실하게 보이듯

발자취는 신중히 옮겨야 멋지고
언어는 소중히 주고받아야 맛날
능히 예의 바른 삶을 누릴 수 있으나

급한 볼일 보러 들어갈 때나
한숨 쉰 듯 여유롭게 나올 때에도
의미조차 같지 않은 엇박자라면

심장으로도 각인하지 못한 미생물이
늘 무대 위에 휘두르는 주인공인 양
갈채 속에 살 거란 착각에 빠진다.

056

# 고정관념

슬픈 사연을 웃음으로 잠재우고
기쁜 소식을 눈물로 맞이할 수 있다면

작은 정성이 웃자람으로 하여
노래하던 새싹이 주저앉길 바라고

큰 보람이 줄어감에 따라
춤추던 낙엽이 벌떡 서길 원하듯

남부럽지 않은 당당한 모습들도
자칫 민낯 들고 걸어도 죄 될 순 없다.

# 모난 정

차라리 흘러가는 대로
무심히 내버려 두던가
나름대로 평정할 기회를 주었다면
뜨거운 속죄로 성인 되었을진대

괜한 헛발질로
더 헝클어지고 얼룩진 모습으로
저잣거리에 배회하며 걸어가는
그 뒷모습 보며 흘린 눈물이 차다.

# 헐뜯지 않은 삶

참과 거짓을 머리에 놓고
호들갑스럽게 채찍질하거나

크기와 넓이를 마음에 두고
칼자루 휘두르듯 조각내는 것보다

하늘을 작은 허리로 덮을 수 있고
땅에 큰 키를 잴 수도 있기에

스스로 격 높여 각 세우지 않고
조그만 행복의 꽃에도 향기가 짙다.

# 이해하고 싶은 세상

욕심은 있되 쥘 줄 모르고
배풂은 있되 펼 줄 잊은 듯

작은 시야일수록 많은 욕망 쌓이고
큰 울림일수록 작은 희망 돋보이기에

얻는 것은 거짓이요
잃은 것이 진실이라며

평상시 부질없는 언행에도
될성부른 꿈만 가득하다.

# 한해살이

높새바람 노래 들어도
봄에 씨앗 뿌릴 생각도 없이 꽃길 걸으며
여름에는 땀방울조차 감추고 그늘 아래 잠자다가

하늬바람 춤 보아도
가을에 추수할 것도 없이 단풍 길 노닐며
겨울에는 솜이불조차 햇볕 쬘 겨를도 없이 눈썰매 타다
가

속절없이 흘러가는 것이 시간이라며
막연히 반성하는 것이 인생이라며
시절을 녹록히 펼쳐놓더니

뜬금없이 찬 서리에 몸 둘 곳 없이 헤매다
한해살이를 그냥 소꿉장난하듯 흘려 보낼 순 없어
피고 지는 사철나무에 등 하나 눈물로 단다.

4부

∙
∙
∙
∙
∙
∙
∙

# 미중의 세월 속에

개천에서 용 나듯
하늘 아래 아우러진 빛처럼
영웅호걸이 나오거나

들녘에서 꽃 지듯
땅 위 흐드러진 늪으로
추풍낙엽이 떨어질 때

예측불허의 세상은
솔방울 소리에도 기겁하고
기침 소리에도 심장이 뛴다.

## 마음과 마음의 만남

솟아오른 산허리에 구멍 뚫고
흘러내릴 강줄기에 다리 놓아
님 가는 곳 따라

허허벌판의 육로가 막히면 배에 올라
망망대해의 항로가 끊기면 기차 타고
님 머문 곳 찾아

외롭지 않은 서정의 꿈 적실
슬픈 이야기가 없는 흥거운 터전을 닦아
님과 더불어 살 수 있다면

비단옷 입지 않아도
찰진 밥 먹지 않아도
좋은 집에 살지 않아도 좋으리.

# 가뭄에 탄 농심

풀잎 녹일 듯
농로 따라 아지랑이 노닐고

샘물 익힐 듯
논밭마다 오곡백과 신음하니

하늘엔 먹구름 머물러주기를
땅엔 비바람 스쳐 가기를

세파의 주름 사이로
애간장만 타는구나.

# 돌고 도는 태양

풍경으로부터 솟아오르던 넋들
미련 없이 흘러버린 그 아픔의 눈빛 속
호숫가 잔잔히 밀치어오는 파동을 거울삼아
녹록치 못한 과거의 발판을 되뇌이며
눈물 꽃 하나 따다 황혼의 강에 띄워놓고

뇌리에서 부는 넌더리 치던 꿈들
말끔히 씻어버린 그 역사의 길 밖
하루의 해탈을 녹이며 다다른 서산에 멈추어
또 다른 미학을 풍요롭게 기록하기 위해
웃음꽃 가득 싣고 내일의 길 떠난다.

# 토닥이며 걷는 길

오르막길 오르다
비뚤어진 분노가 치밀 때
노래하는 새의 눈빛처럼
순수의 넋이라 헤아리며

내리막길 내려가다
헛발질에 곤두박질칠 때
춤추는 연의 날개처럼
고귀한 삶이라 되새기며

헷갈리지 않을 정도의 길 따라
온몸의 기운을 골고루 가다듬고
허송의 빈 잔에 지혜를 조금씩 채우며
살아가는 인생이기를 간곡히 바란다.

# 걸어가는 길

잃을 게 없는데
두려울 정서적 번뇌는

더 높은 하늘에 널브러진
은하의 멋을 뽐고

감출 게 없기에
드러낼 육신적 노동은

드넓은 대지에 엎질러진
오곡의 맛을 내니

오늘도 험담 없이
천하의 공기 한입 옹알거린다.

# 자연의 소리

문풍지의 고요한 떨림에도
메아리의 전율이 흘러
기쁜 듯 손뼉 친 추억들

역사의 울림에 귀 기울이며
낙수의 신음이 비껴가던
옛 마당엔 그림자만 드리울 뿐

바람이나 물처럼
천년의 향기에 미끄러지듯
자연의 미소에 넋 잃는다.

# 한계의 징검다리

동네 어귀 나뭇가지에 앉아
희소식을 전하듯 하늘을 수놓던
별들이

도심 어느 빌딩 숲에 서서
그리움 들려주듯 땅을 살피던
새들이

온정이 피어나는
빛과 어둠의 경치를
배회하며

기쁨과 슬픔의 감정 추스르며
시절 인연에 드리워진 사연들을
중천에 뜬 태양에게 보낸다.

# 진실의 꽃

세상은 몰염치한 행위들이 겹쳐도
희망 어린 언어들이 넘치듯 일어나
기쁨에 찬 감동을 전해도
입김은 까칠하다.

자연을 순응하도록 닦달해도
터전을 아름답게 가꾸고자 하려는
슬기로운 모습처럼 일어나도
헛구호의 메아리다.

메마른 대지에 비 내릴 때
휘영청 빛이 잠깐 보였을 뿐인데
찬란한 별똥 떨어지는 밤이라 우긴들
진실의 벽은 쉽사리 허물어지지 않는다.

# 태양의 마음

고뇌의 불꽃 지피며
모자람 없는 길 따라
묵묵히 미소를 뿜다 보면

아침이슬
보석으로 빛나거나
물거품이 된들

점심나절
창공을 지나거나
구름 속을 배회한들

저녁노을
하루의 끝자락에 즐기거나
피로에 지쳐 잠든다 해도

애써 외면하지 못한
밤을 밝힐 달님에게
심장의 노래 들려주고 싶다.

# 넋두리

책을 보면
회심의 미소 피어야
웃음이 나고

떡을 먹으면
추억의 향기 돋아야
맛이 들듯

남들처럼 걸으면
어깨춤이 나야 하나
흥이 나지 않기에

살아온 날들이
늘 여유가 없었음에
행복을 비껴간 탓이다.

# 자연 속의 메아리

잔잔한 호수처럼 고요하던 터전에
바람이라도 부는 날이면 초비상이라
평온한 시간을 품어야 아픔을 녹일 수 있고

넉넉한 곳간처럼 평화로운 공원에
천둥이라도 치는 날이면 쑥대밭이라
찬란한 공간을 벗어나야 절박하지 않음에

한마디의 아우성에도 가슴이 철렁이고
신명 나는 춤사위에 마음마저 들뜬다면
답답하던 이유도 쉽사리 사라질지 모른다.

# 후회하지 않는 길

향기 나듯 뜸 들일 시간보다는
자칫 후회스럽지 않을 꿈이
저 멀리 사라지지 않는다면

유혹하듯 속삭이는 메아리 대신
순간의 음률이 솔깃할지라도
쓴 땀으로 진리를 이룰 수 있다면

무엇이든 비유할 수 없을 번뇌로 하여
진정한 사명의 다짐이 묻어날 때
어설프고 숨 막힐 감동이 스며온다면
허접한 미래의 길이라도 걷어찰 순 없다.

# 추억의 길 따라

아직 옛길로 남은 험한 길 걷다
소싯적 장난치듯 엉거주춤 지나친
그 숲속 그늘 아래 서서

벌써 잊어진 들녘을 배회하며
어둔 밤 동무끼리 서리하며 즐겼던
그 원두막 위에 올라앉아

타인의 가슴에 불씨 남긴
자유로운 문턱에 찬물 끼얹었던
그 시절의 송구함을 곱으로 풀고 나니

하늘이 외면한 오솔길에도 꽃피고
땅만큼 풍성한 쑥대밭에도 오곡이 익어
발자취마다 감격의 미소가 여여하다.

# 자애로운 마음

삶이 말없이 요동치는
차가운 고통이 밀리어 와도

넋이 힘없이 머무는
따끈한 평온이 휩쓸러 가도

핍박받으며 자라나는 잡초보다는
목적지를 향해 서로 엉켜가는 갈등보다는

억장 무너져도 여유를 위해 가슴 열고
통곡 후의 미소 짓는 찰나가 흥미롭다.

# 믿어야 꽃이 핀다

산에 오르다 보면
말라죽은 가지에 꽃이 피기를 바라는
새들의 지저귐을 엿들으면서도
자연의 힘이 위대하다는
고개 한번 끄떡이는 믿음이었지만

그러다 불미스러운 예감에
썩어가는 환경을 정화하지 않으면
주변의 열매마저 병들고 말 거라는
급히 뛰는 심장을 움켜잡고 서둘러 가니
이미 산천이 통곡하고 있었네.

# 삶에 부친 노래

너와 내가
논리도 깨닫지 못한다면
하늘과 땅은 꿈인지 생신인지도 모르고

선과 후가
감정도 느끼지 않는다면
산과 강은 높거나 길다는 것도 잊은 채

알려고 노력도 하고 싶지 않은 길목에서
무수한 낮과 밤을 가리지 않고 항변하며
살아가야 할 운명이라 한다면

똥과 된장을
맛보아야 선악을 알 수 있다는 생각에
정녕 모른다고 할 때가 옳았다.

# 감사의 길목

코 벌렁거리며 걷던 오솔길인데
어찌 향기는 어디론가 사라지고
낙엽이 마지막 몸부림치네.

무심결에 뿌려놓은 길가에 꽃들처럼
신바람 일으키며 즐거워라 했었는데
어슬렁거리는 잡념이 비웃기라도 하듯

뼈마디 남은 단풍마저 떨어뜨리고
고요하던 산사의 풍경 소리에 젖은
흘러간 가요만 애달피 구성지네.

# 추억이 피는 날

새 날갯짓에 흰 거품 일렁이니
초야에 흰 장미 피듯

숲속 바람에 물보라 솟아나니
산천에 뭉게구름 떠가듯

남실대는 평화로운 호수 위로
열차의 기적소리 울리며 달려가듯

물수제비뜨던 소싯적 생각에
울컥 눈시울이 뜨거워 온다.

# 속삭이듯 와닿는 감정들

아픈 듯 노래하는 것보다
마음에 핀 아름다운 음률로 하여
작은 희망을 적신다면

즐겁듯 춤추는 것보다
옷깃에 여민 화려한 색상으로서
커다란 행복을 품는다면

감정에 엮인 푸른 꿈 적시거나
미래 향한 예술의 혼 품어도
적나라하게 펼쳐질 여명이 훨씬 달다.

5부

.
.
.
.
.
.
.
.

# 일기장

가는 세월 차갑게 흐르고
오는 시간 뜨뜻이 닿아도

반이 사라지고
반이 채워지는

무수한 흔적이나
잊어질 고뇌를 안고

침묵의 시 낭송처럼
백지장은 묵화에 물든다.

082

# 심야深夜의 덫

여독에 지친
하루의 짐들

갈등에 웃고
속병에 울다

오밤중 뜬눈
애간장 타다

서둘러 나선
새벽녘 바람.

# 철부지 인생

검게 그을린 저녁노을에
애타는 단잠 속으로 빠져들 법한데도
한나절의 피로를 삭일 술이 있다면

붉은 조명이 켜진 서재에
식성하지 않을 만큼 책 향기 적시고도
가슴 두근거리는 정서가 없다면

삶이 익는 미완성의 건널목마다
희비에 얼룩지고 애정에 물결친다면
잔잔한 인간미는 녹아내리지 않는다.

# 농부의 땀

아스라이 지켜온
비경의 농토에

찬란한 오곡백과
두근거리는 맥박에 젖어

하찮은 감정은
떡잎으로 녹아내리고

해맑은 모습은
알곡으로 물들이듯

땀방울로 펼쳐진 농번기 속으로
미지의 생명이 우렁차게 이어간다.

085

# 자연의 숨소리

천진난만한 민낯으로
순간적 환희를 느낀
그 모습처럼

무궁무진의 언행으로
찰나의 애정을 품은
그 흔적처럼

소소히 스쳐 가는
단 한 번의 감칠맛 나는
늘 단아한 꿈을 녹이고 싶다

그대처럼.

# 반짝이는 별처럼

가끔 힘겹고
때론 고독한 길

넋 잃고 걸어가는
비운의 뒷모습처럼

감성의 혼불 지피는
빛바랜 영상처럼

불면의 밤은
구슬피 깊어간다.

# 진실의 강

가슴에 새긴 눈물이 그냥 마른 것이 아니라
조금도 후회할 언행이 없었다는 핑계 때문이고

단풍이 시들어 불쾌한 게 아니라
어설픈 과오를 위해 낙엽을 줍는 일이고

장밋빛 미소에 감격의 뜻 숨겨진 게 아니라
짙은 죗값을 녹이기 위한 속울음이기에

세월의 찌든 정서를 올곧게 추스르며
그렇게 소리 없이 유유히 흘러가는 거다.

# 흔적의 시간

잊혀진
과거의 뒤안길 너머

기억될
미래의 희망길 넘을

돌아갈 수 없는
생동의 시간 반추하며

먼저 밟을 수 없는
큰 강 이루듯 살아갈

난세의 꽃봉오리가
벌거숭이 언덕에 활짝 피었다.

# 낮은 자세

글피 어울리지 못한 그리움이
어제의 언덕길 오르며 심호흡하면

오늘 나누지 못한 아쉬움이
내일의 오솔길 걸으며 콧노래 부르면

희망의 꿈 익히며 살아가야 할 터전에
감당하기 힘든 장애물이 여미어도

작게나마 부풀어 오를 욕망은
지치지 않을 정열에 감동한다.

# 먹구름

모순에 찌든 시간이
차츰 허영으로부터 벗어나

차디찬 우주를 감싼 은하수에
손가락 하나의 정기를 받듯

한 올씩 씻어내며 토하는 과오들을
눈물로 누그러뜨리며

몸서리치듯 되뇌던 참회의 뜻을
가슴에 잔잔히 품는다.

# 휘도는 세상

아려오는 역경의 족쇄를 풀듯
새들이 아우성치는 한나절

하루의 중턱 넘는 햇살 아래
소소한 웃음거리 넌지시

따스한 공기에 인심 물들이고
시원한 바람에 생명 아우르며

잊혀질 옛 고을의 디딜방아처럼
풍요의 닻이 정겹게 달아오른다.

물음표

우연히
신뢰할 수 있는 술잔을 나눈다면
취할수록 아름다운 사연이 쌓이겠지만

어느 날
향기 나지 않는 찻잔을 들 때
음미할수록 단맛이 흩어지고 말면

샘물에서 흘러오는 깨끗함과
오물에서 쏟아지는 더러움이 엉켜
연거푸 일어날 시비의 그 끝은 알 수 없다.

093

# 더불어 사는 정情

눈덩이 쌓인 것처럼
풍부한 지식이 있고

골머리 앓은 것처럼
깊은 지혜가 있다면

호들갑 떠는 세상은
애당초 없을 뿐더러

눈칫밥 없는 터전에
공생의 정만 쌓이네.

## 시련의 땅

분명 귤나무를 심었는데
탱자가 달렸다면

정녕 토종벌을 키웠는데
양봉 꿀이 쏟아지면

그림자 보고 판단하듯
미리 감지 못한 탓도 있지만

내 작은 밀알에도
어두운 빛이 요동칠 수 있다.

# 꽃 피는 그곳

가고 싶다는 충동을 억누르며
단 한 번도 가보지 못한 그곳

그보다 조금이나마 줍지 못한
낙엽이라도 음미하고 싶은

그런 꿈 꿀 더 큰 여명은
막연히 흘러가는 강물뿐이라지만

물결치는 좁은 가슴으로나마
시큰둥한 감정을 느낄지 모른다.

# 쌓이는 꿈

삶을 잇는 소중한 생명줄이
밥으로만 존재하는 게 아니다.

눈물 젖은 빵을 먹으면서도
아픔의 흔적을 지우며 배불릴 수 있고

쓴 술을 마시면서도
호된 고뇌를 잊기 위해 몸부림칠 수 있는

마음을 건줄 용기 어린 지혜와 더불어
공백을 메울 정서가 있어 흥미롭다.

# 시련 후의 기쁨

폐허에 핀 새싹들이
억센 저항 감내하고도
하늘 우러러 구름 떼와 춤추고

뙤약볕에 흘렀던 땀이
혹독한 시련 버티고도
땅 일구어 꽃들과 노래한다

무정한 세상
무심한 인생
무례한 시간일지라도.

# 아픈 상흔들

호박넝쿨 바라보며
군침 도는 이 없어도

잡동사니 만지면서
소유하고픈 이 있어도

들뜬 삶 추스르며
욕망을 내려놓는다면

사연이 수두룩한들
그 속의 뜻은 정직하다.

# 끝없는 여명을 향해

무너진다고 망하는 게 아니라
더 넓게 쌓아갈 수 있다는

쓰러진다고 끝나는 게 아니라
더 높이 올라갈 수 있다는

그 표정에 엉켜 휩쓸린다 해도
돌이킬 수 없는 무언의 이유는

날 선 꿈에 젖어가는 게 아니라
진정한 열망이 솟아오르기 때문이다.

# 멋진 삶을 향해

누구든 알아주지 않아도
자신이 행할 것을 사랑하고

묵묵히 나아가는 지혜의 길이
설령 흡족하지 않아도 존경하며

미래를 향한 늠름한 진일보로 하여
현재의 몫을 평범한 발자취라 여기며

정신이 혼미하여 서정의 넋이 무너지고
온몸이 파김치 돼도 덧없이 나아가야 한다.